LE REPENTIR

DE JEANNE

Jeune pécheresse mourante et délaissée

SES DERNIÈRES PAROLES

SUR LA TERRE ÉTRANGÈRE

PAR

J.-G. GENIÈS DE LANGLE

AGEN

IMPRIMERIE S. DEMEAUX, PLACE PAULIN
1878

LE REPENTIR

DE JEANNE

Jeune pécheresse mourante et délaissée

SES DERNIÈRES PAROLES

SUR LA TERRE ÉTRANGÈRE

PAR

J.-G. GENIÈS DE LANGLE

AGEN

IMPRIMERIE S. DEMEAUX, PLACE PAULIN

1878

LE

REPENTIR DE JEANNE

JEUNE RÉCHERESSE MOURANTE ET DÉLAISSÉE

SES DERNIÈRES PAROLES SUR LA TERRE

ÉTRANGÈRE

Ah ! qu'est-ce qui m'oppresse ! Ah ! qu'est-ce que j'éprouve
En ce moment néfaste ! et que vois-je, Seigneur !...
Tout m'apparaît plus noir, plus menaçant, je trouve !...
Oui ! mon œil est en proie au trouble, à la frayeur
Qu'inspire un froid néant ! Et de concert mon cœur
Affreusement gémit ! car ici tout me prouve
Qu'à l'exemple du Ciel la terre me réprouve !
Et qu'ainsi le Destin m'immole à sa fureur...

Dieu ! quel lugubre aspect, que d'effrois à cette heure
M'attristent dans ma froide et sinistre demeure !...
       A travers les frimas
Rapidement la nuit de ses pas sourds s'avance !...
L'affreux mal qui me mine est ici plus intense !...
J'appelle à mon secours, mais on ne m'entend pas !...
Hélas ! je crie encor... Mais rien que le silence !...

Je vois ainsi s'ouvrir un gouffre sous mes pas !
Et l'aspect des ténèbres
Rend à mes yeux ces maux encore plus funèbres...

Et tandis que déjà mon sang
S'altère à la fureur d'une douleur première,
Un nouveau mal me ronge au flanc,
Et semble venir clore à l'instant ma carrière !...
Que peut donc être, hélas ! cette douleur dernière ?...
Je vais le voir peut-être à la pâle lumière
Dont l'astre de la nuit
Eclaire en ce moment mon obscure chaumière,
En portant mon regard sur le mal qui me cuit...
Horreur ! c'est une plaie !!! Un mal qui me détruit
Au sein de la misère !
C'est mon corps qui se livre au poison de l'ulcère !...
Grand Dieu ! c'en est donc fait ! Esclave dans mon lit,
Au sein de ces froides murailles,
D'un incurable mal qui sans frein envahit
Mon corps, mes poumons, mes entrailles !...
Esclave encore sans retour,
De cet autre mal délétère
Qui me ronge à l'instar d'un affamé vautour,
Hélas ! oui, c'en est fait de mon sort sur la terre...

C'est pourquoi les frimas viennent de jour, de nuit,
Faire insulte à mon corps qui déjà s'attiédit
Sous ce tas de haillons qui me couvre et m'encombre !
Et tout sans cesse ainsi me dit,
D'une voix continue et sombre,
Que je vogue sans rame et que ma barque sombre...

Même, dans l'alentour, l'horloge que j'entends,
      Semble, avec persistence,
      Dire de temps en temps,
Que bientôt sur mon sort Dieu rendra sa sentence...

Et dire, hélas ! que moi, dans ce terrestre lieu,
      Pour un charme éphémère,
      Sans frein, j'ai bravé Dieu !
Et sans frein mutilé le doux cœur d'une mère...

C'est ainsi qu'enivrée aux perfides encens
Qu'à mes pieds prodiguait un flatteur en prière,
Au gré de ses désirs, qu'animaient mes quinze ans,
Je fuyais avec lui vers la terre étrangère !
C'est ainsi qu'à son gré, dès mes premiers printemps,
J'avais, sans nul retour, noirci ma vie entière !
Car à peine soumise à ce charme trompeur
Qui vous souille quand c'est le vice qui l'affronte,
J'étais dupe déjà d'un fourbe adorateur !
Et livrée au hasard, à la faim, à la honte...

Et pire encor je fus ! quand bientôt, à tout vent,
      Tournait mon infâmie !
      Alors qu'à tout venant
Je vendais mes attraits, et mon cœur et ma vie !...
Ah ! que n'a-t-il donc pu, ce puissant ravisseur,
Dans mon aveugle amour, n'abuser sans pudeur,
      D'abord, de ma trop folle ivresse,
      Puis de ma coupable faiblesse !
Ah ! que n'a-t-il donc su m'adorer plus d'un jour,

Ou tout au moins su me servir de père,
Pour que je n'eusse été portée à si mal faire,
Et je serais moins coupable à mon tour...

Ah ! que ne puis-je même, avant que je délire,
Oui, le voir repentant !
Et l'entendre me dire
D'une voix toute émue, et d'un cœur palpitant :

O Jeanne bien aimée ! ô ma douce victime !
Ici, comme pour toi, pour moi tout va finir !
Mon cœur souffre à ton souvenir
Comme en priant Dieu sur mon crime,
Console-toi !
Console-toi...

En effleurant l'abîme où lentement je tombe !
Après toi je ne sais gémir que pour Dieu seul !
Ces pleurs tombés sur mon linceul
Vont tous me suivre dans la tombe,
Console-toi !
Console-toi...

Nos sanglots et nos pleurs, ces invincibles armes,
Réunis en faisceau, vont tous nous suivre au ciel !
L'éternelle lune de miel
Va bientôt naître de nos larmes,
Console-toi !
Console-toi...

Demain peut-être, oui, dès notre nouvelle aurore !
Au ciel, où le pardon épure les amours,

Nous allons enfin pour toujours
Nous unir ! nous aimer encore !
  Console-toi !
  Console-toi...

Oui, bientôt, comme au gré d'une céleste reine,
Dieu bénira tes vœux à l'autel souverain !
  Jésus sera là ton parrain,
  La Sainte-Vierge ta marraine,
   Console-toi !
   Console-toi...

Puis, au brillant festin, où de leurs mains des anges
Nous conduiront assis au sein d'un divin char !
  Dieu fournira son doux nectar,
  Servi par la main des archanges,
   Console-toi !
   Console-toi...

Encore, à ce festin, où de célestes lyres
Sous d'angéliques doigts joueront leurs plus beaux airs !
  Au sein de ces divins concerts,
  Tous nous feront de purs sourires,
   Console-toi !
   Console-toi...

Enfin, en ces doux lieux, où tout, à ton envie,
Enchantera ta vue et ton âme à la fois !

Oui, moi, sans retour cette fois,
Je te consacrerai ma vie!
Console-toi !
Console-toi...

Mais comme ce désir qu'un pur amour m'inspire,
Est aussi vain que 'cet espoir
Que j'eus naguère encor de voir
Un époux m'adorer, un enfant me sourire !
Mais, hélas ! comme vainement
Je mêle ici mes pleurs à ma douleur profonde,
Voici l'unique épanchement
Que je puisse exhaler en quittant ce bas monde :

Délaissée, avilie, et mourante au lointain !
Je meurs en fille impure, et non en noble épouse !..
C'est mon tort, c'est mon crime ! Hélas ! oui ! car en vain
Une prostituée implore qu'on l'épouse...

Adieu donc pour toujours, divin rêve ici-bas,
D'être aimée et d'aimer sans rougir de ma vie !
Et de voir, sans le plaindre, un enfant dans mes bras
Sourire à mon sourire ! Adieu ! flamme chérie...

Adieu, car pour ma dot, je n'ai plus que du fiel,
Et que rides, hélas! à mon front pour tous charmes !
Adieu, car au mépris et du monde et du ciel,
J'ai vendu tous mes biens pour prix d'amères larmes...

Non, je ne puis plus être, au gré de nobles cœurs,
Ni belle ni candide à l'image des vierges !
Adieu donc pour toujours, ô vous, pures douceurs
Que je rêvais jadis sur nos paisibles berges !...

Encore adieu ! toi, berge, où parfois mes doux pleurs
Semblaient attrister l'onde où ton doux front se mire !
Adieu, charmante brise ! adieu, riantes fleurs !
Adieu ! car jamais plus je n'irai vous sourire...

Encore adieu, vous tous, charmants petits oiseaux
Qui sembliez, avec grâce, autour de moi vous rendre
Pour mêler vos concerts au murmure des eaux !
Adieu ! car jamais plus je n'irai vous entendre...

Ah ! si vous entendez quelquefois retentir
Dans vos bois les échos des fureurs de ma mère !
Chantez, petits oiseaux, chantez pour l'attendrir,
Quand elle exhalera contre moi sa colère...

Mais si ma mère tombe à genoux en ces lieux
Où le silence appelle à la foi du mystère !
Hélas ! ne troublez pas, par vos refrains joyeux,
Cette âme qui pour moi priera Dieu sur la terre...

Et si vous la voyez s'affaisser et pâlir,
Comme tombe et pâlit la feuille presque morte,
Pleurez, petits oiseaux, pleurez, sans me flétrir,
Celle chez qui mon crime ouvre à la mort la porte...

Et quand la mort l'aura proscrite sans retour !
Pleurez ! pleurez pour moi, ne pleurez plus pour elle !
Car aux martyrs Dieu donne un céleste séjour !
Et les enfers, hélas ! à l'âme criminelle...

En ce moment suprême, oui, voilà la douleur
Qu'ici ma langue peut exhaler pour mon cœur,
Car lorsque Satan vint pour corrompre mon âme,
A son gré je vendis mon corps et mon honneur,
Et bientôt je ne fus qu'un être vain, infâme !
Aussi peu digne, hélas ! d'être mère que femme...

C'est pourquoi maintenant. objet d'un noir dédain,
Fruit de ma vie immonde !
Oui, je rebute en vain
Le fiel que me réserve et le ciel et le monde !
Et c'est pourquoi je meurs sans sentir un instant,
L'étreinte d'une main noblement adorée !
Même, hélas ! sans sentir, bien qu'en les recherchant,
Les baisers que prodigue une mère éplorée...

C'est pourquoi même encore, ô déchirants soucis !
Il me semble toujours entendre
Les sinistres échos des sanglots et des cris
Qu'avec effroi poussait cette mère si tendre,
Lorsque brusquement je partis
Pour ces lieux où jamais je n'eusse dû me rendre !
Enfin, lorsque, malgré les maux les plus amers
D'une mère, hélas ! oui, de douleur éperdue,

Sans pitié, sans pudeur, jusqu'au-delà des mers,
m'enfuyais loin d'elle, honteusement perdue !...

Et déjà trois ans révolus
Que je suis vagabonde !
Trois ans et même plus,
De cette vie affreuse, immonde !...

Mais, hélas ! tout me le prédit,
Ma dernière heure arrive !
Et mon passé maudit
Rend mon âme triste et craintive...

Non, à pleurer, à maudire Satan,
Je n'ai plus même un jour peut-être !
Et vendue à ce fier tyran,
Grand Dieu ! de moi, va-t-il donc rester maître ?.,

Bien que ce soit sans doute en vain à mon égard,
Car le démon se rit de ce que moi je pleure !
Je vais le supplier de me fuir sans retard,
Car le trépas arrive au seuil de ma demeure...

La mort m'arrache au crime, et déjà mes clameurs
Vont réveiller au ciel l'écho de mon offense !
Je ne sais prier, et je meurs
Criminelle ainsi sans défense.
O Satan, rends-moi donc, oui, ces innocents pleurs
Par toi ravis dès mon enfance...

Comme l'écume immonde errante sur les flots,
Sans témoins je m'éteins dans l'ombre des ténèbres !...
De la mort, les brumes funèbres
Semblent déjà couvrir mes os,
Ah ! laisse-moi gémir ! car gémir c'est encore
Prier, quand c'est Dieu qu'on implore...

Oui, laisse revenir, en ce jour solennel,
Et mes chastes soupirs et mes candides larmes !...
Oui, rends-moi ces divines armes
Qui frappent au cœur l'Eternel !
Peut-être encore, hélas ! pour mille éternels charmes
Me les échangera le ciel...

Ah ! de grâce ! va donc exercer ton empire
Loin de ces sombres lieux où moi je vais mourir !
Eloigne-toi, ne fais point fuir
Un ange que mon sort attire !
Ah ! va-t-en ! car cet ange est venu pour dire
Que trop faible est mon repentir...

Oui, puisque le ciel veut notre âme pour victime,
Ou des larmes de sang pour prix de notre crime !
O Satan ! va donc loin de moi
Exhaler tes folles chimères !
Et laisse pour Dieu seul mes regrets et ma foi !
Ainsi que mes larmes amères...

Oui! je dis au démon, qu'au gré de mon désir,
Il laisse tous mes pleurs pour Dieu seul sur la terre;

Mais que ne puis-je encor, sans craindre d'amoindrir
La clémence d'un Dieu bon, mais juste et sévère,
Pleurer quelques instants, quelques instants gémir,
Pour calmer le courroux et les pleurs de ma mère !...

O grand Dieu ! toi qui vois dans mon cœur ce grand deuil,
Et devant moi l'aspect de ce béant cercueil
Où va s'anéantir mon corps mais non mon crime,
Permets-moi d'apaiser cette noble victime !...
   Mais, hélas ! qui prendra le soin
De dire mes regrets, mes sanglots, ma souffrance,
  A cette mère en pleurs, loin ! loin !
  Au sein de notre chère France!...
Hélas ! non, nul pour moi jamais ne franchira
Ce sentier périlleux, cette affreuse distance !
  Et ma pauvre mère mourra
Sans avoir même encor nul ombre d'espérance
De revoir dans le ciel celle dont elle aura
Si souvent sur la terre en vain pleuré l'absence...

Ah ! que ne puis-je donc triompher de mon mal !
   Et comme l'hirondelle
   M'en aller de mon aile
Vers ce lointain coteau de mon pays natal,
   Qui, chaque nuit nouvelle,
   Et chaque nouveau jour,
Retentit des échos des cris plaintifs de celle
Qui, gémissante encore, implore mon retour !
Et qui même parfois, oui, d'un cœur qui se brise,
   Consulte tour à tour
Les anges et le ciel, l'horizon et la brise,
Sur mon sort inconnu, sur mon nouveau séjour !

Ou, plutôt, que ne puis-je
Aller plus vite encor vers celle que j'afflige !
En franchissant d'un trait, à l'instar de l'éclair,
Ces monts et cette mer,
Cette affreuse barrière
Qui jette loin de moi ma patrie et ma mère !
Ah ! que ne puis-je, enfin, enlacer de mes bras,
Cette mère par moi livrée à tant d'alarmes !
Et que ne puis-je encor caresser de mes pas
Cette terre qui boit à ses pieds tant de larmes...

Mais qu'est-ce donc qui vient ici, sur mon chevet ?...
Grand Dieu ! la mort peut-être !!!
Ah ! non, c'est le reflet
De l'ombre d'un nuage à travers ma fenêtre...
Ah ! grand Dieu ! s'il pouvait
Et me voir et m'entendre !...
Ah ! grand Dieu ! s'il voulait
A mes désirs se rendre !...

O toi, sombre habitant des airs,
O toi, sombre nuage !
Pour moi, franchis les mers,
Vas vers ma mère, en son village...

Vite, dis-lui qu'envers la foi
Mon âme est moins rebelle !
Vite, dis-lui pour moi,
Qu'en mourant mon cœur est pour elle...

Vas donc, nuage, en ce hameau
Où ma mère réside !

Vas même à son tombeau ,
Si son logis est clos et vide...

Oui, si là tout est sourd au bruit de ces sanglots
Que mon remords me cause,
Dirige leurs échos
Vers la sombre demeure où ma mère repose...

Même, hélas ! pour moi pleure en ces lugubres lieux
A l'enceinte murée !
Où, clos, sont les doux yeux
Qui m'ont amèrement et si souvent pleurée !..

Pleure, où se trouve encor,
Inerte ! ce cœur d'or
Qui m'a jadis chérie !
Ah ! pour moi, pleure enfin , ô cruelle douleur !
Pleure ! pleure souvent, où se trouve enfouic
Celle à qui moi j'aurais, ô cruelle infâmie !
Oui, moi-même j'aurais arraché le bonheur !
Même arraché la vie...

Oui, vas pour moi, verser des pleurs
D'amers pleurs comme, hélas ! de mon œil il en tombe,
Ah ! non point sur de riches fleurs !
Mais sur l'herbe sauvage éclose sur sa tombe...

Vas donc, et par-delà les mers
Où bientôt tu vas être,
De mes regrets amers
Remplis les lieux qui m'ont vu naître...

Mais, ô Seigneur !.. ici je sens
En vain mon œil agiter sa paupière !
Même on dirait s'éteindre tous mès sens !
Hélas ! oui, tout me fuir, même encor la lumière ,
Car au doux astre de la nuit
Succèdent tout à coup de profondes ténèbres
Que mon dernier regard avec effroi subit !
Car mon œil est en proie aux étreintes funèbres !
Et moi je me demande, hélas ! en les rouvrant
Le plus possible, si mes yeux y voient encore !
Enfin, s'il est bien vrai que cet affreux néant
Vient d'un nuage où l'astre éclipse avant l'aurore...

Même, hélas ! quand je fais le plus léger soupir,
Oui, je crains aussitôt que ce ne soit le râle
Qui déjà sans pitié s'empresse de venir
Clore, ou mieux, étouffer la douleur que j'exhale !
C'est ainsi qu'à travers cette ombre sépulcrale
Où se débat ma vie, où je me sens mourir !
Pour me faire gémir
Tout semble y concourir
Avec empressement , même avec insolence !
Oui, tout : l'isolement ! mon ulcère béant !
Mes sinistres soupçons ! mes remords ! le néant !
Un lugubre silence...

C'en est fait ! pour venger mes crimes en ce lieu,
Chaque astre, au nom du ciel, me cache sa lumière !
Et la terre, à son tour, obéissant à Dieu ,
Rend muet tout un monde autour de ma chaumière...

Ce grand voile de deuil qui jette un glas mortel,
Hélas ! oui, c'est bien moi, c'est bien moi qu'il recouvre !

Et c'est encor pour moi, bien pour moi que s'entr'ouvre
Cet abîme où se creuse un séjour éternel...

D'une voix sombre, oh! oui, tout me dit qu'une tombe
Ouvre pour moi ses flancs! Et que mon cœur en deuil
Fait un dernier soupir, tandis que de mon œil
Une dernière larme éclot à peine... et tombe...

Ah! oui, tout me le dit, comme mon œil, mon cœur
Déjà résiste à peine aux étreintes funèbres
Qui trahissent ma vie! Et le trépas vainqueur
Brise ma dernière arme à travers les ténèbres...

Et n'entendant nul être autour de moi gémir!
Et n'entendant l'adieu, non, de nul être au monde,
La terre, avec dédain, semble ainsi me bannir,
Comme elle livre, hélas! au néant, l'être immonde...

Non, ici je ne vois ni je n'entends plus rien!...
Je parais être encore et putride et perclue!
C'est donc ma mort ou c'est un supplice sans frein!
Je meurs! ou Dieu me prend et l'ouïe et la vue!...

Ah! mais... non! oh! non! car, d'un regard presque sûr,
A mon gré je revois tout à travers l'espace,
Ce nuage là-haut, maintenant moins obscur,
        Et qui lentement passe,
Comme, hélas! s'il voulait me cacher d'un ciel pur
        La riante surface...

Mais pourtant, s'il s'éloigne, et je crois qu'il le fait,
A vrai dire mon sort deviendra pire encore,

Car rien plus ne viendra jusques à mon chevet
Recueillir les propos de ma voix peu sonore,
Et tout ignorera ce que mon cœur voudrait !
Et tout ignorera ce que mon cœur déplore...

Nuage ! ô cher nuage ! ah ! suspends, à mon gré,
      Suspends encor ta fuite !
Implore Dieu pour moi ! Rends son amour sacré
      A Jeanne la maudite !...

Oui, calme mes effrois en ces lugubres lieux
Où tout semble vouloir se cacher et se taire,
      Comme pour se soustraire
A mes accents plaintifs ! à d'importuns adieux !
Oui, par pitié, sois donc mon ange tutélaire
      En ce moment d'effroi !...
      Oui, par pitié pour moi,
Viens apaiser de Dieu, la trop juste colère...

Oui, du haut de ces lieux où déjà tu parais
Etre aux pieds de Celui qui sait ma vie entière !
      Dis-lui que je voudrais,
      A défaut de prière,
Oui, je voudrais pouvoir cent fois tripler les pleurs
      Qu'engendrent mes vains charmes !
Ah ! dis-lui qu'en retour de toutes mes horreurs,
Je voudrais, comme à flots, verser d'amères larmes...

Enfin, oui, cher nuage ! à mon gré, viens prier,
Car, hélas ! même encore à cette heure dernière,
A Dieu je n'ai su dire une prière entière !
      Et pour moi, viens aussi pleurer,
      Car je vois s'entr'ouvrir ma tombe

Sans avoir, par mes pleurs, dissipé mon souci !
   Pleure... car je sens que voici
    Ma dernière larme qui tombe...

Ah ! grand Dieu !... voici donc le moment solennel
Où, sans avoir encore, au gré du divin Maître,
   Pu courber mon front criminel
    Aux pieds d'un vénérable prêtre,
Mon âme va traîner mon crime vers le ciel !...
Ah ! que ne puis-je, enfin, avant de comparaître
Devant le tribunal où siége l'Eternel,
En délivrer mon âme ! être ainsi moins vil être !...

Cher nuage ! à mon gré, tourne-toi donc vers moi !
Car, à ce même instant, par un effort suprême
    Que je fais sur moi-même,
J'arrive à me placer à genoux devant toi !
Pour confesser mes torts, les expier peut-être !
    Si Dieu ne te défend
D'entendre et de bénir, à l'exemple du prêtre,
Les remords et les pleurs d'une maudite enfant !...
Oui, de grâce, au plus tôt, prête donc ton oreille
   Aux faibles échos de ma voix !
    Car, chancelante sous mon poids,
Je serai brève... hélas ! tout ici le conseille...

Oui, fléchissant enfin humblement devant vous,
    A la fois mes genoux,
Et ce noir front qui fut de l'audace l'emblême !
Mon Père, je m'accuse, au nom du Créateur,
D'avoir souillé mon corps et mon âme et mon cœur !
D'avoir ainsi, sans frein, outragé Dieu lui-même !
   Et, comme avec fureur,

Criblé de coups mortels le doux sein de ma mère !...
Ah ! pitié donc pour moi, vénérable Pasteur !
Pitié, pitié pour moi ! mon vénérable Père !...

Oui, de grâce, effacez ces crimes odieux
Qui m'avaient faite, hélas ! presque infâme païenne !
Ah ! de grâce ! de grâce ! oui, faites que les cieux
Ne trouvent plus en moi qu'une pure chrétienne...

Et maintenant, ô toi, céleste bienfaiteur,
Qui dois avoir déjà, d'une voix paternelle,
Imploré mon pardon auprès du Créateur
　　　Et désarmé son bras vengeur,
　　　Ah ! vole, avec amour et zèle,
Oui, vole vers ma mère ! et d'un trait de ton aile,
A mon gré porte-lui ce cher baiser d'adieu
Que je voudrais lui faire en le recevant d'elle !
　　　Et pour combler mon vœu,
　　　En l'inondant de larmes !...
　　Mais puisque j'ai tari mes pleurs,
　　Et qu'au mépris de mes alarmes,
Contre moi le Destin triple encor ses fureurs,
Pour moi, va-t-en là-bas... car je tombe... et je meurs...

www.ingramcontent.com/pod-product-compliance
Lightning Source LLC
Chambersburg PA
CBHW061511170626
46811CB00004B/1707